© Plema Verlag 2020
Libellenstrasse 2, 6004 Luzern | reto.eberhard.rast@gmail.com

Text und Illustration Reto Eberhard Rast
Gestaltung Thomas Gut / Wolfau-Druck AG
Druck Wolfau-Druck AG, Weinfelden
Bindung Bubu AG, Mönchaltorf
ISBN 978-3-033-08231-1

Mit freundlicher Unterstützung von Naija und Josef K. Büeler

Als die Erde das Heiligste trug

Die Weihnachtsgeschichte „Aus verklungenen Jahrtausenden"

Einst war die Welt jung, hell und schön. Blühendes Leben bevölkerte die Erde. Die Menschen erfreuten sich daran. Bald aber nutzten sie ihre Klugheit, um sich achtlos Vorteile zu verschaffen und anderen ihr Glück zu rauben. So wuchs das Dunkle schneller als das Lichte. Schuld türmte sich auf Schuld. Die Erde wurde schwerer und schwerer. Schlussendlich drohte sie, in Finsternis zu versinken. Nur die allumfassende göttliche Liebe konnte sie noch retten. Gott sandte deshalb seinen Sohn hinab zu den Menschen.

Vor langer Zeit gab es einmal ein römisches Reich, das so groß war, dass es ein ganzes Meer umschloss. Über das Reich herrschte ein mächtiger Kaiser. Er wurde Augustus genannt. Überallhin sandte er seine Soldaten.

Während die Frauen miteinander schwatzten, liebte es Maria, alleine zu sein. Die Morgensonne wärmte ihr Herz. Sie bemerkte nicht, was um sie herum geschah.

Und noch etwas unterschied Maria von den meisten Bewohnern des Dorfes: sie war offen und freundlich zu allen Menschen.

Als sie am Brunnen auf römische Soldaten traf, war sie erstaunt, dass diese erst die Pferde tränkten, bevor sie den eigenen Durst stillten. Die Römer konnten also gar nicht so böse sein, wie alle behaupteten. Etwas verlegen reichte sie dem Anführer ihren Krug. Er dankte freundlich und fragte nach ihrem Namen.

Als Marias Mutter davon erfuhr, wurde sie zornig. Wie töricht, das eigene Geschirr von den Lippen eines Römers beschmutzen zu lassen! Wortlos warf sie den Krug auf die Straße.

Maria verstand das nicht. Warum sollte sie einen freundlichen Menschen meiden, nur weil er ein Römer war?

War das wirklich Gottes Wille?
Machte sie sich schuldig, wenn sie sich im Geheimen darüber hinwegsetzte?

Maria betete zu Gott und vertraute darauf, dass alles gut werden würde. Da wurde es hell um sie. Ein Engel erschien. Er verkündete Maria, dass sie schwanger sei und einen Sohn gebären werde. Ihr Kind werde den Menschen die Liebe Gottes bringen.

Maria konnte das Glück kaum fassen. Aber viele Bewohner von Nazareth mochten ihr diese Freude nicht gönnen. Sie hielten es für eine große Schande, wenn eine unverheiratete Frau ein Kind bekam. Und diese Schande übertrug sich auf das Kind. Das war das Schlimmste für Maria. Um alles in der Welt wollte sie ihr Kind davor schützen!

Eine baldige Heirat war die einzige Lösung. So ging sie zu Josef, dem Zimmermann. Er hatte schon einmal um ihre Hand gebeten. Offen gestand sie ihm, warum sie zu ihm kam.

Josef war bereit, für Maria und ihr Kind zu sorgen. Auch Marias Mutter gab erleichtert ihre Zustimmung.

In der Nacht vor der Hochzeit öffnete sich noch einmal der Himmel. Ein Licht kam auf sie zu und durchströmte sie. Maria sank in Ohnmacht. Als sie wieder erwachte, wohnte das Licht in ihr.

Am nächsten Morgen strahlte Maria eine solche Würde aus, dass sich Josef klein vorkam neben ihr. Alles wollte er tun, damit sie es gut bei ihm hatte.

Viele Wochen waren vergangen, da kamen Boten des Kaisers in die Stadt. Augustus hatte eine Zählung seiner Untertanen befohlen. Alle Männer mussten in ihre Vaterstadt reisen, um sich in Listen eintragen zu lassen. Ausgerechnet jetzt, wo Maria hochschwanger war, musste Josef nach Bethlehem.

Aber Maria wollte ihn begleiten. Er allein gab ihr jetzt die Geborgenheit, die sie dringend benötigte. Doch die Reise wurde viel anstrengender, als Maria gedacht hatte. Endlich am Ziel, fanden sie keine Unterkunft. Bethlehem war übervoll von Zugereisten.

Nur ein Stall war noch leer. Als Maria erwachte, schien silbernes Licht durch das kleine Fenster. Voller Liebe dachte sie an das Kind und was ihr vom Engel verkündet worden war. Da setzten die Wehen ein. Die Geburt kündigte sich an.

Unverzüglich machte sich Josef auf, um Hilfe zu holen.
Draußen blieb er wie gebannt stehen. Über dem Stall
leuchtete ein Stern. Seine Strahlen ließen die Luft erzittern.

Weihevolle Stille lag über dem Stall. Da klopfte es zaghaft an der Tür. Ein kleines Mädchen bat um Einlass. Die Hirten folgten leise. Das neugeborene Jesuskind lag in der Krippe.

Drei Tage stand der Stern über dem Stall. Er hatte drei Fürsten von weither bis nach Bethlehem geführt. Mit ihrer Macht sollten sie das Allerheiligste, das die Erde jetzt trug, hüten wie einen Schatz. Das war ihre Bestimmung.

Sie brachten wertvolle Geschenke. Dann zogen sie wieder heim. Wegen all der vielen Aufgaben als Herrscher hatten sie ihre wahre Pflicht, Gottes Sohn auf seinem Lebensweg zu begleiten, vergessen.

Maria, von einer schützenden Hand geleitet, mahnte Josef, seine Werkstatt dem besten Gesellen zu übergeben und nach Ägypten zu ziehen. Dort nahm man sie freundlich auf. So legte sich in ihrer Heimat die Aufregung um den neugeborenen Messias. Alle diejenigen aber, die einst an der Krippe stehen durften, bewahrten das Andenken tief in ihren Herzen.

Nachwort

Die meisten Weihnachtsgeschichten beruhen auf dem Evangelium nach Lukas, dem wir die eingängigen Schilderungen der Verkündigung, der Volkszählung, der Reise nach Bethlehem, der Geburt im Stall und des Besuchs der Hirten verdanken. Das Matthäusevangelium erwähnt nichts von alledem. Es erzählt uns von den Heiligen Drei Königen, von Herodes, dem Kindermord und der Flucht nach Ägypten. Im jüdischen Volk wiederum zirkulierte eine gänzlich andere Geburtsgeschichte: Jesus galt als Sohn eines römischen Soldaten namens Panthera. Die rabbinische Literatur wie der Talmud sprechen deshalb von Jeschua ben Pandera, von Jesus, Sohn des Panthera, d.h. des Panthers. (Die lateinische Bezeichnung dieser Raubkatze war ein geläufiger Übername römischer Kämpfer.)

Noch im dritten Jahrhundert versuchte der Kirchenvater Origenes, diese Behauptung zu entkräften. Es war für die ersten Christen schon schwer genug, den Juden und Heiden verständlich zu machen, dass sich ein Gottessohn wehrlos dem schändlichsten aller Tode, demjenigen am Kreuz, ausgeliefert hatte. Dass die frühen Kirchenväter die aufkommende Vorstellung einer Jungfrauengeburt dem Gerücht der unehelichen Zeugung vorzogen, ist plausibel.

Die vorliegende Weihnachtsgeschichte ist keine freie Interpretation der erwähnten „Panthera-Legende". Der Originaltext, der die Grundlage für diese Fassung bildet, entstand in den 1930er-Jahren, allerdings auf ungewöhnliche Art. Er wurde weder aus antiker Quelle geschöpft noch erdichtet, sondern empfangen. Die Verfasserin schrieb auf, was sie erschaute, verstand sich aber nicht als Autorin im üblichen Sinn, weshalb das erst nach dem Zweiten Weltkrieg erschienene Buch „Aus verklungenen Jahrtausenden" auch keine Autoren aufführt. Die Publikation gehört zur Buchreihe „Verwehte Zeit erwacht", in welcher geschichtliche Ereignisse wie beispielsweise das Wirken von Wegbereitern wie Moses, Zarathustra, Buddha oder Mohammed auf der Grundlage geistiger Schauungen beschrieben werden. Die Darstellungen folgen daher nicht zwingend der historischen Überlieferung, verlieren sich aber auch nicht in Phantasiebildern.

Da für Kinder die physische Herkunft Jesu unbedeutend ist und dieses Bilderbuch kein Brennpunkt theologischer Debatten sein soll, wurde die oben dargestellte Abweichung von der klassischen Weihnachtsgeschichte im Text gar nicht ausdrücklich erwähnt, sondern nur für Erwachsene implizit und illustrativ angedeutet. Damit konnte einem zentralen und interessanten Punkt des Originals Rechnung getragen werden, ohne die Kinder mit einer gänzlich anderen Weihnachtsgeschichte zu konfrontieren.

Reto Eberhard Rast, der Autor und Illustrator dieses Bilderbuches, stieß in jungen Jahren zufällig auf das oben erwähnte Buch „Aus verklungenen Jahrtausenden". Die poetische und schlichte Darstellung der Geschehnisse hatte den damaligen Studenten tief berührt. Auf einer Bergwanderung fiel ihm die Idee zu, die darin enthaltene Weihnachtsgeschichte in ein Bilderbuch zu fassen. Reto Eberhard Rast studierte Geschichte, Biologie und Medizin und ist heute in Luzern als Arzt, Kunstmaler und Rotkreuzdelegierter tätig. Zudem leitet er die Schweizerische Gesellschaft für Nahtodstudien.